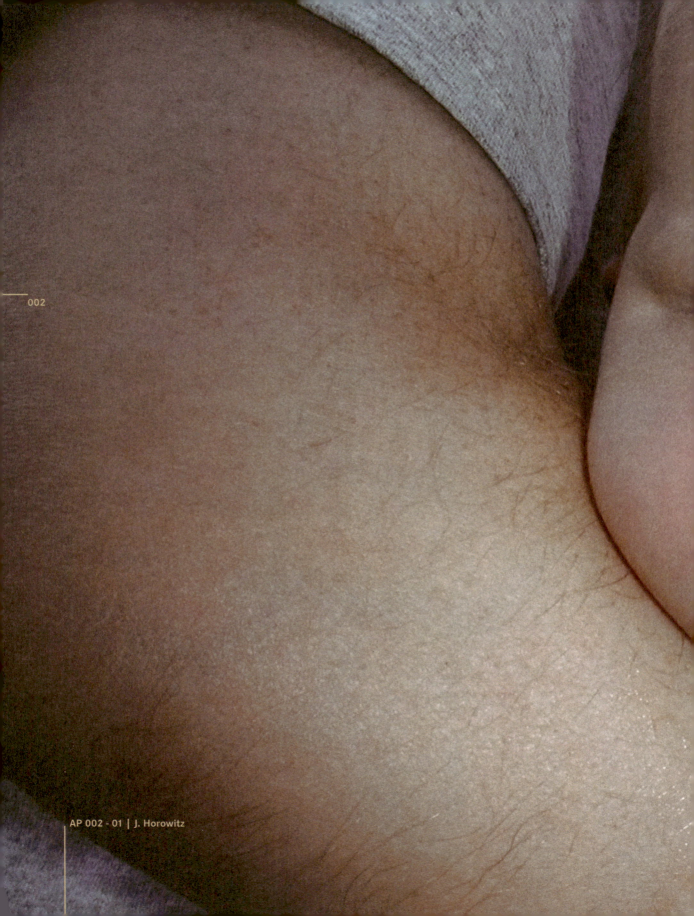

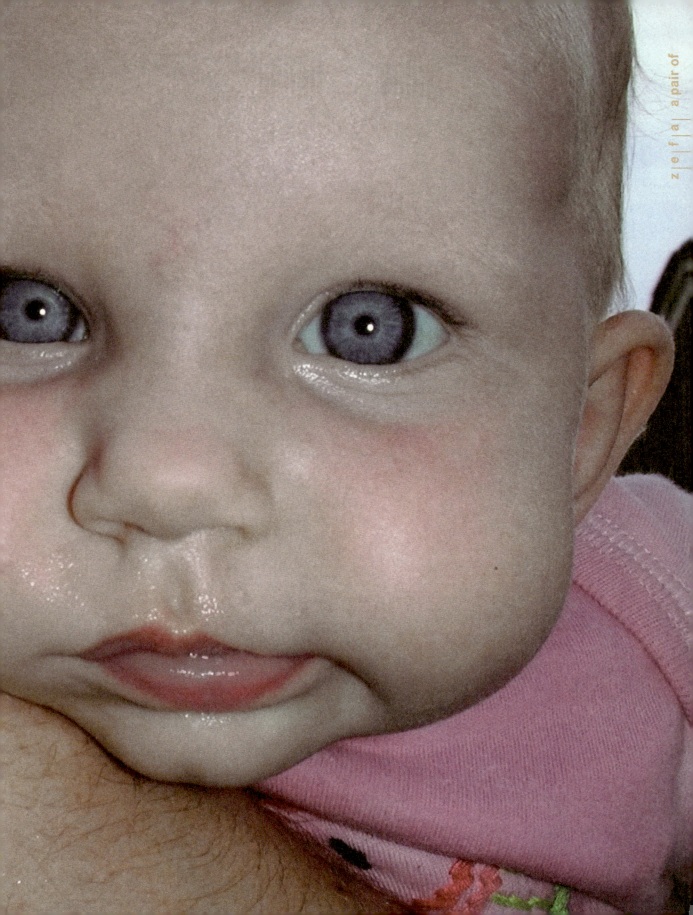

AP 004 - 01 | Lili K.

z|e|f|a | a pair of

AP 005 - 01 | Star

AP 006 - 01 | S. Rao
AP 006 - 02 | Duck

z | e | f | a | a pair of

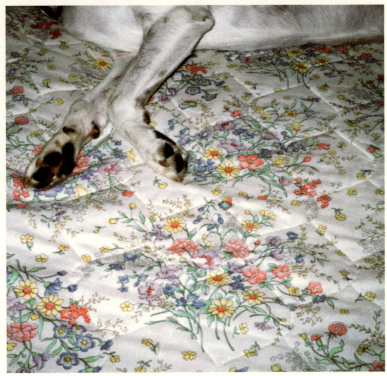

AP 007 - 01 | D. Cooper
AP 007 - 02 | C. Stevenson

AP 008 - 01 | Ausloeser

z|e|f|a | a pair of

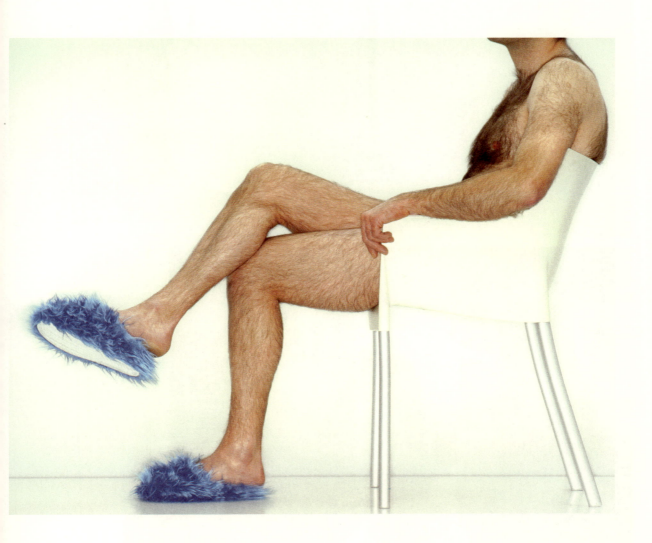

AP 009 - 01 | G. Schuster

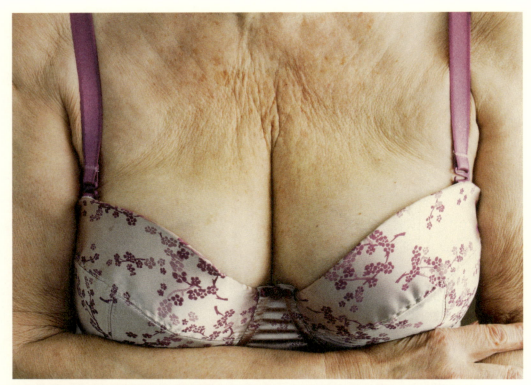

AP 010 - 01 | O. Graf
AP 010 - 02 | Pinto

AP 011 - 01 | H. Winter
AP 011 - 02 | Ausloeser

AP 012 - 01 | Pinto

AP 013 - 01 | Pinto

AP 014 - 01 | J. Westrich

z|e|f|a| a pair of

AP 015 - 01 | B. Sporrer

AP 016 - 01 | O. Graf
AP 016 - 02 | MaxX Images / J. Wey

z|e|f|a | a pair of

AP 017 - 01 | O. Graf
AP 017 - 02 | O. Graf

AP 017 - 03 | Ausloeser
AP 017 - 04 | Cat

AP 018 - 01 | O. Pelzer

AP 019 - 01 | Star

AP 020 - 01 | T. Reed

z|e|f|a| a pair of

AP 021 - 01 | H. Scheibe

AP 024 - 01 | Ausloeser

AP 026 - 01 | A.B./ T. Hoenig
AP 026 - 02 | A.B./ L. Langemeier

z|e|f|a | a pair of

AP 027 - 01 | P. Wolff
AP 027 - 02 | A.B./ G. Salter

AP 027 - 03 | H. Kehrer
AP 027 - 04 | L. Moses

AP 028 - 01 | Pinto
AP 028 - 02 | M. Hamilton

z|e|f|a| a pair of

AP 029 - 01 | M. Hamilton
AP 029 - 02 | A.B./ G. Salter

AP 030 - 01 | O. Dahlmann

z|e|f|a | a pair of

AP 031 - 01 | Ausloeser

AP 032 - 01 | T. Bernhard

z|e|f|a | a pair of

AP 033 - 01 | M. Meyer

AP 034 - 01 | Virgo
AP 034 - 02 | Pinto

AP 034 - 03 | Pinto
AP 034 - 04 | T. Reed

z|e|f|a | a pair of

AP 035 - 01 | N. Guegan
AP 035 - 02 | T. Allofs

AP 036 - 01 | S. Templer

z|e|f|a| a pair of

AP 037 - 01 | P. Wood

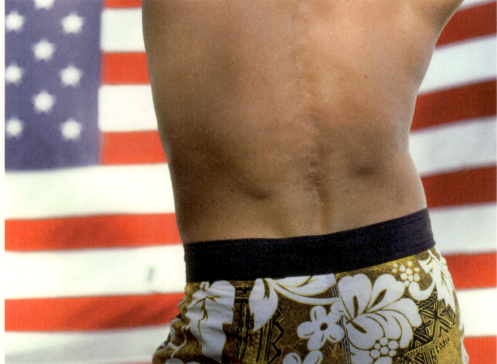

AP 038 - 01 | N. Dolding
AP 038 - 02 | P. Beavis

z|e|f|a| a pair of

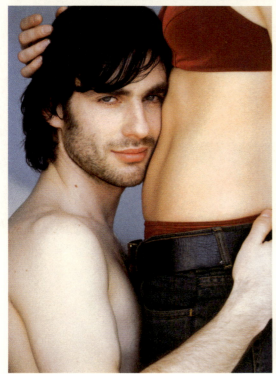

AP 039 - 01 | T. Reed
AP 039 - 02 | A. Inden
AP 039 - 03 | A. Inden
AP 039 - 04 | Star

AP 040 - 01 | C. Sagel

AP 041 - 01 | O. Graf

z|e|f|a | a pair of

AP 043 - 01 | T. Kruesselmann
AP 043 - 02 | Pinto

AP 044 - 01 | Photex/ A. Snyder
AP 044 - 02 | V. Nowottny
AP 044 - 03 | T. O'Leary

z|e|f|a| a pair of

AP 045 - 01 | K. Solveig
AP 045 - 02 | H. van den Heuvel
AP 045 - 03 | Photex / A. Snyder

AP 047 - 01 | Galvezo

z|e|f|a| a pair of

AP 048 - 01 | H. van den Heuvel
AP 048 - 02 | Special Gallery/ A. Bowd

AP 049 - 01 | Special Gallery / A. Bowd
AP 049 - 02 | Special Gallery / A. Bowd

052

AP 052 - 01 | R. Holz
AP 052 - 02 | M. Meyer

z|e|f|a | a pair of

AP 053 - 01 | Ausloeser
AP 053 - 02 | O. Graf

054

AP 054 - 01 | M. Hamilton

z|e|f|a| a pair of

AP 055 - 01 | T. Reed

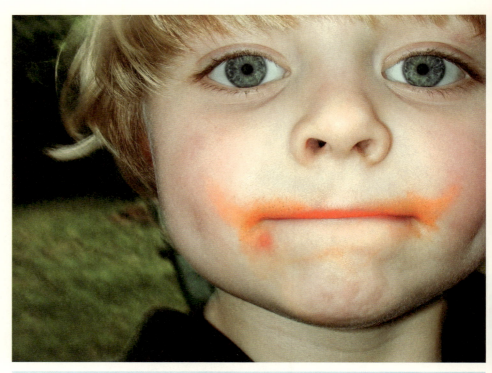
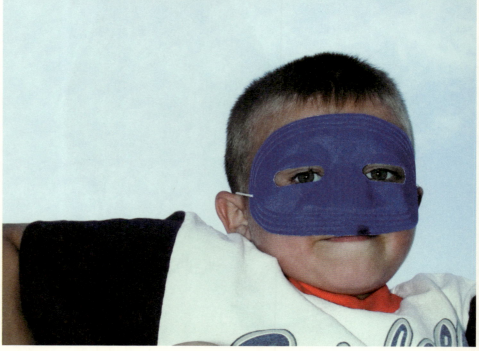

AP 056 - 01 | J. Horowitz
AP 056 - 02 | J. Horowitz

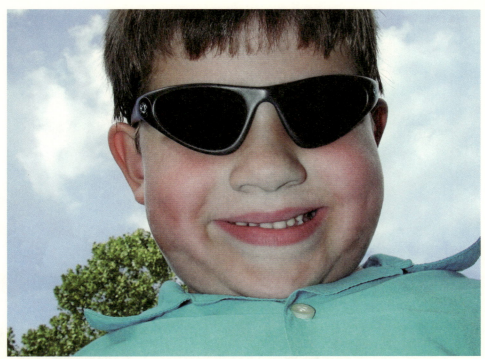
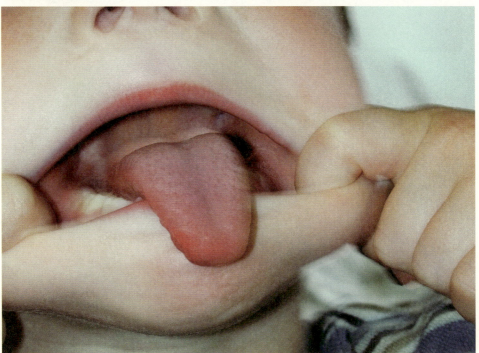

AP 057 - 01 | J. Horowitz
AP 057 - 02 | J. Horowitz

AP 058 - 01 | A.B./ S. Brendgen

AP 058 - 02 | G. Edwards

z|e|f|a| a pair of

AP 059 - 01 | G. Edwards   AP 059 - 02 | A. Peisl

AP 060 - 01 | B. Sporrer
AP 060 - 02 | D. Kenyon

AP 060 - 03 | G. Schuster
AP 060 - 04 | G. Baden

z|e|f|a|z   a pair of

AP 061 - 01 | Tango
AP 061 - 02 | W. Schroll

AP 062 - 01 | G. Edwards

z|e|f|a| a pair of

AP 063 - 01 | G. Edwards

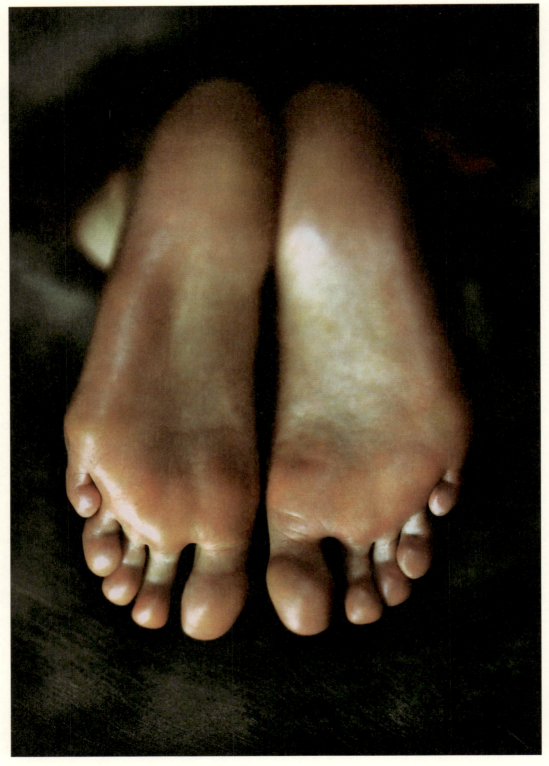

AP 064 - 01 | G. Logan

z|e|f|a| a pair of

AP 065 - 01 | T. Reed

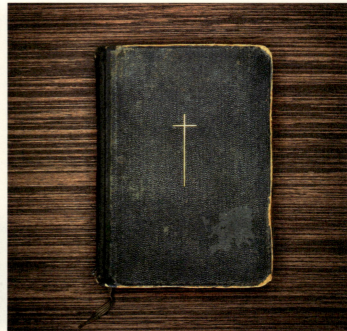

AP 066 - 01 | A.B./ L. Langemeier   AP 066 - 02 | C. Sagel

z|e|f|a| a pair of

AP 067 - 01 | A.B./ L. Langemeier

AP 067 - 02 | T. Reed

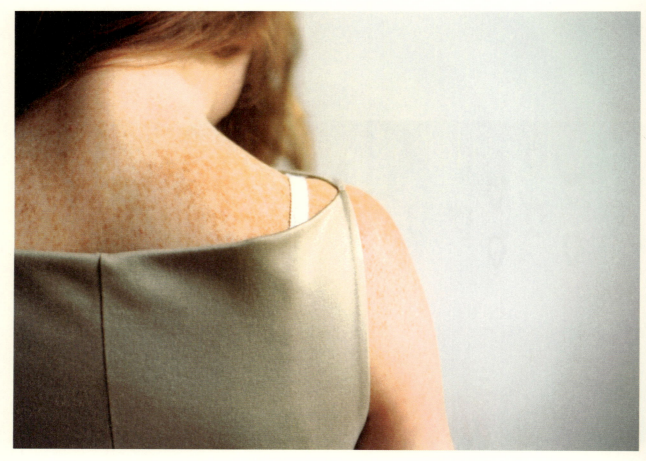

AP 068 - 01 | Galvezo

z|e|f|a| a pair of

AP 069 - 01 | A. Benz

AP 070 - 01 | H. Winter

AP 072 - 01 | Freitag
AP 072 - 02 | G. Schuster

z|e|f|a| a pair of

AP 073 - 01 | T. Reed
AP 073 - 02 | A. Christo

AP 074 - 01 | T. Latham

z|e|f|a| a pair of

AP 075 - 01 | T. Hemmings

AP 076 - 01 | I. Boddenberg
AP 076 - 02 | A. Huber + U. Starke

z|e|f|f|a| a pair of

AP 077 - 01 | D. Cooper
AP 077 - 02 | A. Inden

AP 078 - 01 | V. Latinovic

AP 078 - 02 | V. Latinovic

zelf | a pair of

AP 079 - 01 | V. Latinovic

AP 079 - 02 | V. Latinovic

080

AP 080 - 01 | M. Meyer
AP 080 - 02 | J. Westrich

z | e | f | a | a pair of

AP 081 - 01 | J. Westrich
AP 081 - 02 | M. Meyer

AP 082 - 01 | C. Sagel

z|e|f|a| a pair of

AP 083 - 01 | I. von Hoff

AP 084 - 01 | Star
AP 084 - 02 | A. Peisl

z|e|f|a| a pair of

AP 085 - 01 | Star
AP 085 - 02 | T. Reed

z|e|f|a | a pair of

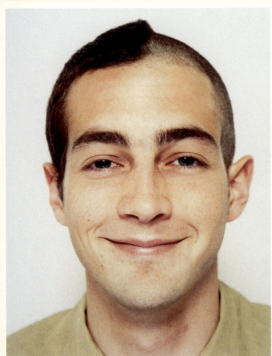

AP 087 - 01 | K. Solveig
AP 087 - 02 | K. Juenemann
AP 087 - 03 | Emely
AP 087 - 04 | K. Solveig

088

AP 088 - 01 | T. Kruesselmann

z|e|f|a| a pair of

AP 090 - 01 | J. Westrich

z | e | f | a | a pair of

AP 091 - 01 | T. Reed

AP 092 - 01 | C. Stevenson

AP 092 - 02 | D. Kenyon

z|e|f|a a pair of

AP 093 - 01 | Cat

AP 093 - 02 | A. Green

AP 094 - 01 | Tango

AP 096 - 01 | A. Inden

AP 096 - 02 | T. Reed

z|elf|a | a pair of

AP 097 - 01 | Duck

AP 097 - 02 | H. Scheibe

AP 098 - 01 | C. Sagel
AP 098 - 02 | R. Holz

z|e|f|a| a pair of

AP 099 - 01 | Emely
AP 099 - 02 | L. Buechner
AP 099 - 03 | Star
AP 099 - 04 | R. Holz

AP 100 - 01 | V. Latinovic

z|e|f|a | a pair of

AP 101 - 01 | G. Schuster

AP 102 - 01 | S. Templer

AP 105 - 01 | M. Hamilton

AP 106 - 01 | Emely

z|e|f|a| a pair of

AP 107 - 01 | W. Schroll

AP 107 - 02 | Emely

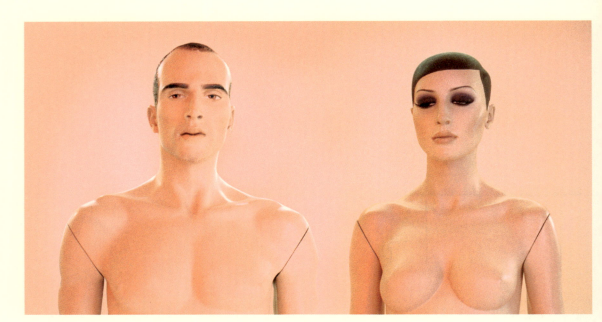

AP 108 - 01 | C. Sagel + S. Kranefeld
AP 108 - 02 | J. Lowe

z|e|f|a| a pair of

AP 109 - 01 | H. Winter
AP 109 - 02 | B. Sporrer

z|e|f|a| a pair of

AP 111 - 01 | Pinto

AP 112 - 01 | Pinto　　　　AP 112 - 02 | J. Westrich

z|e|f|a| a pair of

AP 113 - 01 | Pinto

AP 113 - 02 | Miles

AP 114 - 01 | P. Leonard
AP 114 - 02 | P. Wolff
AP 114 - 03 | P. Wattendorff
AP 114 - 04 | H. Winter

z|e|f|a| a pair of

AP 115 - 01 | Special Gallery/ J. Hardisty
AP 115 - 02 | P. Beavis
AP 115 - 03 | A. Sneider
AP 115 - 04 | A. Green

AP 116 - 01 | M. Vaeisaenen
AP 116 - 02 | M. Vaeisaenen

z|e|f|a| a pair of

AP 117 - 01 | M. Vaeisaenen
AP 117 - 02 | D. Harvey

AP 120 - 01 | O. Pelzer
AP 120 - 02 | O. Pelzer
AP 120 - 03 | O. Pelzer
AP 120 - 04 | O. Pelzer

z|e|f|a | a pair of

AP 121 - 01 | K. Solveig
AP 121 - 02 | A.B./ G. Salter

AP 121 - 03 | A.B./ G. Salter
AP 121 - 04 | K. Solveig

AP 122 - 01 | R. White

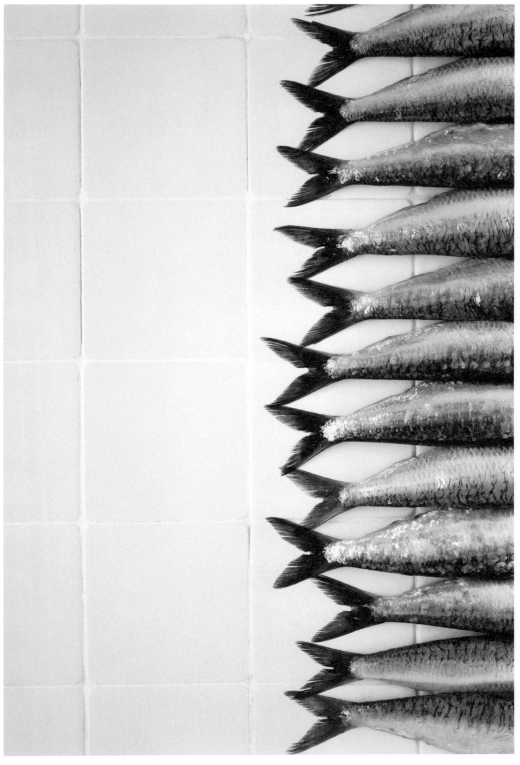

AP 123 - 01 | R. White

z|e|f|a| a pair of

z|e|f|a| a pair of

AP 125 - 01 | L. Moses
AP 125 - 02 | Lili K.

AP 125 - 03 | Lili K.
AP 125 - 04 | Lili K.

AP 126 - 01 | G. Schuster

z|e|f|a| a pair of

AP 127 - 01 | G. Edwards

128

z|e|f|a| a pair of

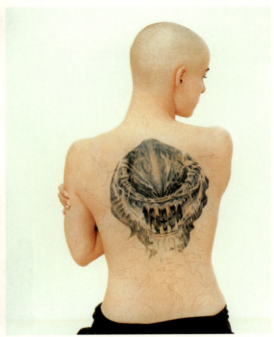

AP 129 - 01 | Emely
AP 129 - 02 | G. Schuster

AP 129 - 03 | H. Scheibe
AP 129 - 04 | T. Hemmings

AP 130 - 01 | T. Kruesselmann
AP 130 - 02 | M. Meyer

z|e|f|a| a pair of

AP 131 - 01 | Emely
AP 131 - 02 | A. Inden

AP 131 - 03 | Emely
AP 131 - 04 | T. Kruesselmann

AP 132 - 01 | A.B./ L. Langemeier
AP 132 - 02 | A.B./ L. Langemeier
AP 132 - 03 | A.B./ L. Langemeier
AP 132 - 04 | A.B./ L. Langemeier
AP 132 - 05 | A.B./ L. Langemeier
AP 132 - 06 | A.B./ L. Langemeier

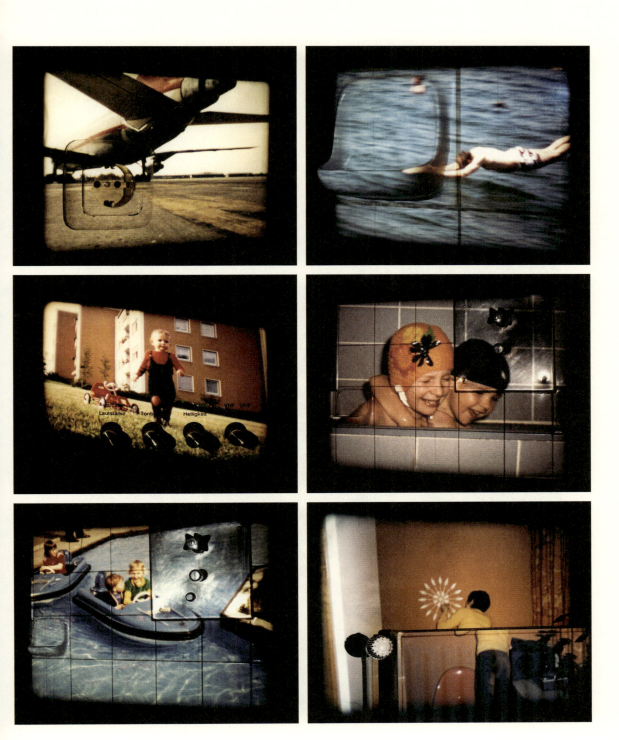

z|e|f|a| a pair of

AP 133 - 01 | A.B./ L. Langemeier
AP 133 - 02 | A.B./ L. Langemeier
AP 133 - 03 | A.B./ L. Langemeier

AP 133 - 04 | A.B./ L. Langemeier
AP 133 - 05 | A.B./ L. Langemeier
AP 133 - 06 | A.B./ L. Langemeier

AP 134 - 01 | N. Schulte

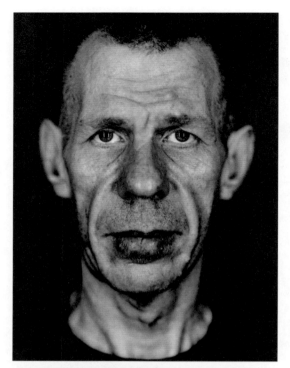
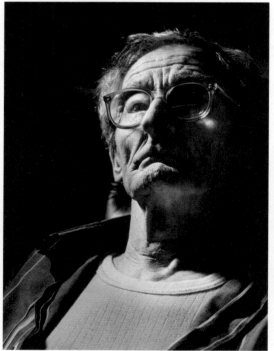

AP 136 - 01 | T. Latham
AP 136 - 02 | M. Hamilton

z|e|f|a | a pair of

AP 137 - 01 | M. Hamilton
AP 137 - 02 | T. Latham

AP 137 - 03 | A. Marco
AP 137 - 04 | M. Hamilton

z|e|f|a| a pair of

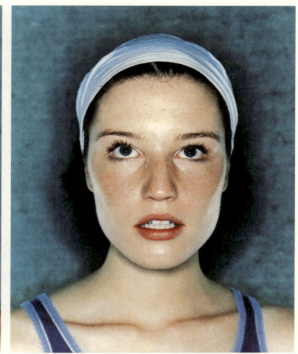
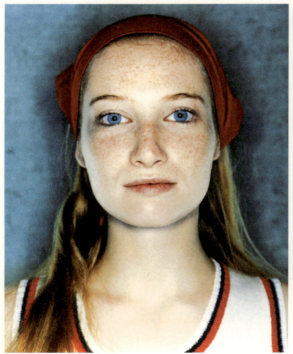
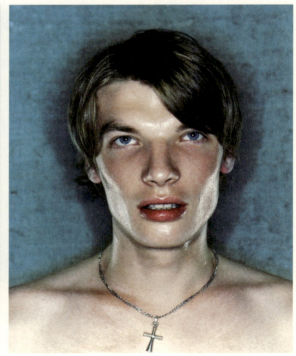

AP 139 - 01 | H. Scheibe
AP 139 - 02 | H. Scheibe
AP 139 - 03 | H. Scheibe
AP 139 - 04 | H. Scheibe

AP 140 - 01 | N. Guegan
AP 140 - 02 | G. Edwards

z|e|f|a| a pair of

AP 141 - 01 | G. Edwards
AP 141 - 02 | S. Rao

AP 143 - 01 | Pinto

AP 144 - 01 | H. Scheibe

z|e|f|a | a pair of

AP 145 - 01 | L. Moses

AP 146 - 01 | Pinto
AP 146 - 02 | T. Allofs
AP 146 - 03 | G. Schuster
AP 146 - 04 | V. Latinovic

z|e|f|a| a pair of

AP 147 - 01 | N. Guegan

AP 148 - 01 | T. Reed

z|e|f|a| a pair of

AP 149 - 01 | T. Reed

AP 150 - 01 | P. Wattendorff

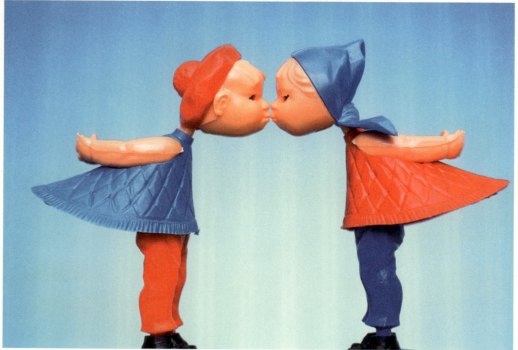

AP 152 - 01 | Pinto
AP 152 - 02 | A.B./ R. Knobloch

z|e|f|a | a pair of

AP 153 - 01 | I. Boddenberg
AP 153 - 02 | I. Boddenberg

AP 153 - 03 | Pinto
AP 153 - 04 | I. Boddenberg

AP 154 - 01 | Ausloeser

z|e|f|a| a pair of

AP 155 - 01 | Ausloeser

z|e|f|a| a pair of

AP 159 - 01 | Pinto

AP 160 - 01 | P. Beavis

z|e|f|a| a pair of

AP 161 - 01 | P. Beavis

AP 162 - 01 | Virgo
AP 162 - 02 | K. Solveig

z|e|f|a| a pair of

AP 163 - 01 | K. Solveig
AP 163 - 02 | Virgo

AP 163 - 03 | Virgo
AP 163 - 04 | Virgo

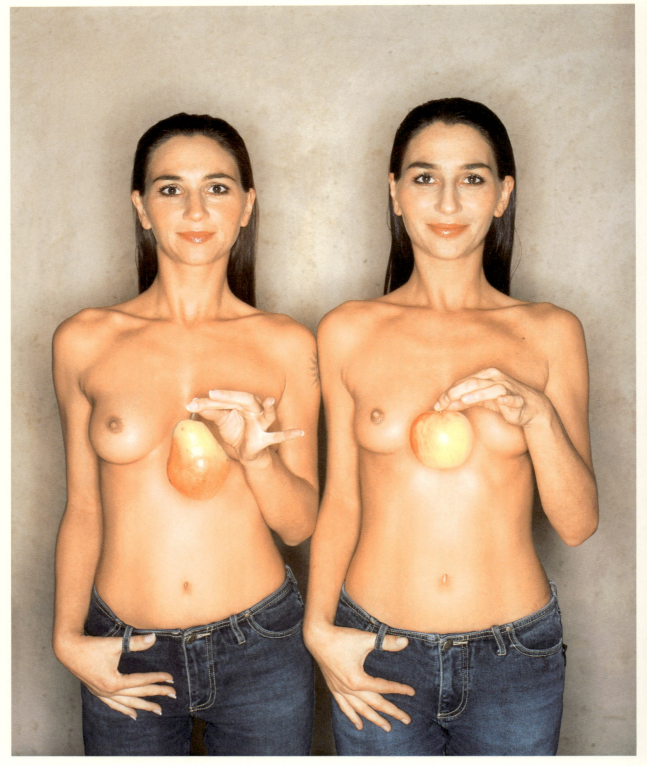

AP 164 - 01 | Emely

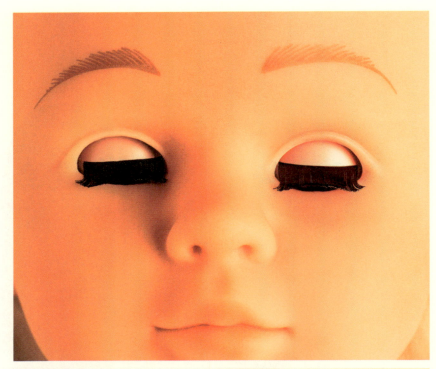

AP 166 - 01 | T. Latham
AP 166 - 02 | Linda

z|e|f|a| a pair of

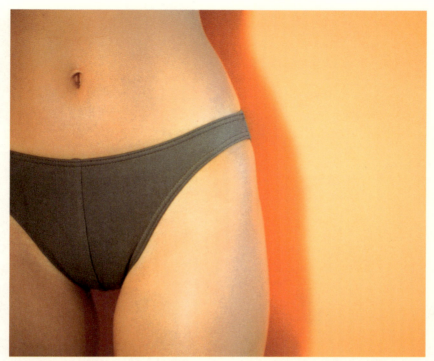

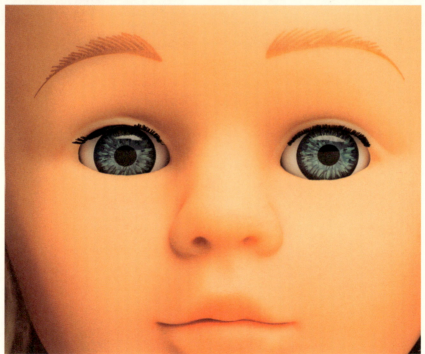

AP 167 - 01 | Linda
AP 167 - 02 | T. Latham

AP 168 - 01 | K. Solveig

AP 168 - 02 | M. Meyer

z|e|f|a| a pair of

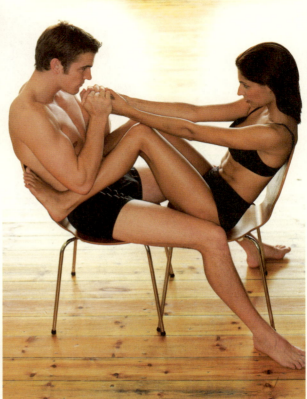

AP 169 - 01 | A. Huber + U. Starke

AP 169 - 02 | N. Dolding

AP 170 - 01 | Freitag

z|e|f|a | a pair of

AP 171 - 01 | S. Templer

AP 172 - 01 | Maga
AP 172 - 02 | Maga

z|e|f|a | a pair of

AP 173 - 01 | A.B./ R. Knobloch
AP 173 - 02 | H. Scheibe
AP 173 - 03 | Maga
AP 173 - 04 | Ausloeser

AP 174 - 01 | Linda
AP 174 - 02 | A.B./ R. Knobloch
AP 174 - 03 | Linda
AP 174 - 04 | Star

z|e|f|a| a pair of

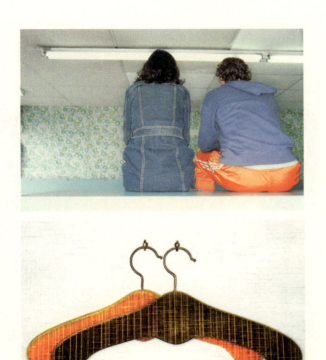

AP 175 - 01 | D. Cooper
AP 175 - 02 | C. Sagel

AP 176 - 01 | A. Sneider

z|e|f|a| a pair of

AP 177 - 01 | A. Sneider

z|e|f|a| a pair of

AP 179 - 01 | T. Reed
AP 179 - 02 | C. Sagel

AP 179 - 03 | C. Sagel
AP 179 - 04 | T. Reed

AP 180 - 01 | J. Westrich
AP 180 - 02 | A.B./ H. Winkler

z|e|f|a| a pair of

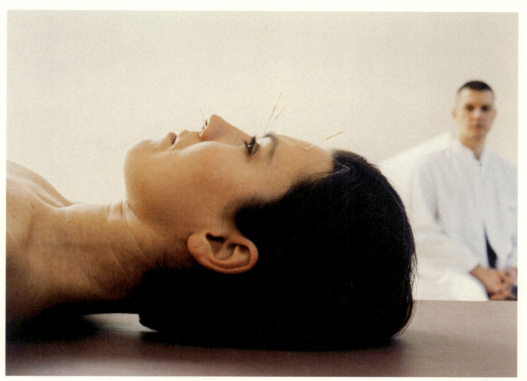

AP 181 - 01 | A.B./ H. Winkler
AP 181 - 02 | T. Reed

AP 182 - 01 | L. Buechner

AP 184 - 01 | T. Reed
AP 184 - 02 | A. Peisl

z|e|f|a | a pair of

AP 185 - 01 | T. Reed
AP 185 - 02 | T. Reed

AP 186 - 01 | M. Moellenberg

z|e|f|a| a pair of

AP 187 - 01 | Star

AP 187 - 02 | M. Moellenberg

AP 188 - 01 | Duck
AP 188 - 02 | S. Templer
AP 188 - 03 | S. Templer
AP 188 - 04 | S. Templer

z|e|f|a | a pair of

AP 189 - 01 | Pinto
AP 189 - 02 | H. Scheibe

AP 189 - 03 | S. Templer
AP 189 - 04 | L. Moses

AP 190 - 01 | A.B./ H. Winkler
AP 190 - 02 | A.B./ L. Langemeier

z|e|f|a| a pair of

AP 191 - 01 | A.B./ H. Winkler
AP 191 - 02 | A.B./ H. Winkler

AP 192 - 01 | Gulliver
AP 192 - 02 | L. Moses
AP 192 - 03 | H. Scheibe
AP 192 - 04 | C. Stevenson

z|e|f|a| a pair of

AP 193 - 01 | L. Moses
AP 193 - 02 | T. Hemmings

AP 193 - 03 | Pinto
AP 193 - 04 | Tango

AP 194 - 01 | L. Moses
AP 194 - 02 | MaxX Images/ T. Billingsley

z|e|f|a| a pair of

AP 195 - 01 | Duck
AP 195 - 02 | V. Nowottny

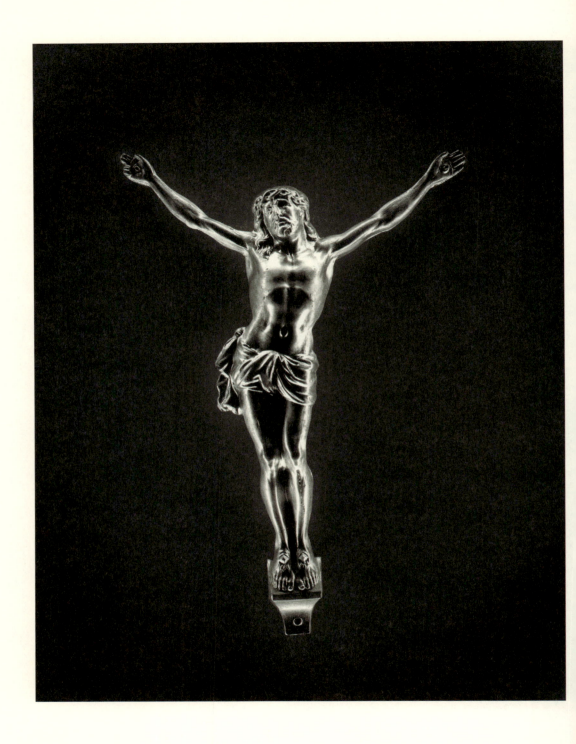

AP 196 - 01 | A. Christo

z|e|f|a | a pair of

AP 197 - 01 | T. Bernhard

AP 198 - 01 | H. Winter
AP 198 - 02 | H. Winter

z|e|f|a| a pair of

AP 199 - 01 | H. Winter
AP 199 - 02 | H. Winter

AP 200 - 01 | M. Moellenberg

z|e|f|a| a pair of

AP 201 - 01 | M. Moellenberg

AP 202 - 01 | I. Hatz
AP 202 - 02 | I. Hatz

AP 202 - 03 | I. Hatz
AP 202 - 04 | I. Hatz

AP 203 - 01 | P. Wattendorff
AP 203 - 02 | A. Sneider

AP 204 - 01 | M. Hamilton

z|e|f|a| a pair of

AP 205 - 01 | N. Dolding

AP 206 - 01 | P. Leonard

AP 206 - 02 | P. Leonard

AP 207 - 01 | J. Lowe

z|e|f|a| a pair of

AP 210 - 01 | Pinto
AP 210 - 02 | C. Schneider

z|e|f|a| a pair of

AP 211 - 01 | L. Moses
AP 211 - 02 | A. Sneider

AP 212 - 01 | A.B./ R. Knobloch
AP 212 - 02 | J. Westrich

z|e|f|a | a pair of

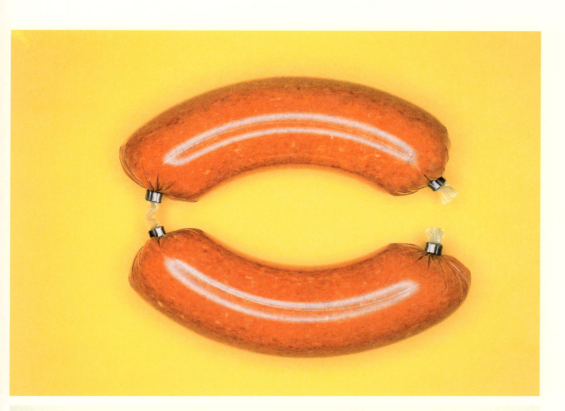

AP 213 - 01 | J. Westrich
AP 213 - 02 | J. Westrich

AP 214 - 01 | N. Schulte
AP 214 - 02 | Star

z|e|f|a | a pair of

AP 215 - 01 | Star
AP 215 - 02 | Star

AP 215 - 03 | Star
AP 215 - 04 | N. Schulte

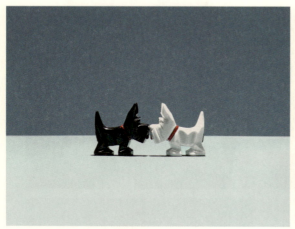

AP 216 - 01 | B. Bird
AP 216 - 02 | G. Schuster
AP 216 - 03 | G. Schuster
AP 216 - 04 | Tango

z|e|f|a | a pair of

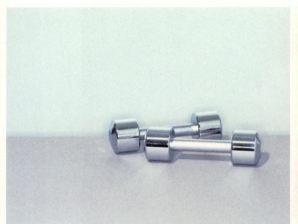

AP 217 - 01 | G. Schuster
AP 217 - 02 | G. Schuster

AP 217 - 03 | S. Templer
AP 217 - 04 | G. Schuster

AP 218 - 01 | A. Robertus

z|e|f|a| a pair of

AP 219 - 01 | A. Robertus

AP 220 - 01 | C. Schneider

AP 220 - 02 | O. Eltinger

z|e|f|a| a pair of

AP 221 - 01 | L. Buechner

AP 222 - 01 | A.B./ R. Knobloch
AP 222 - 02 | A.B./ R. Knobloch

z|e|f|a| a pair of

AP 223 - 01 | A.B./ G. Salter
AP 223 - 02 | A.B./ R. Knobloch

AP 224 - 01 | Emely   AP 224 - 02 | B. Bird

z | e | f | a | a pair of

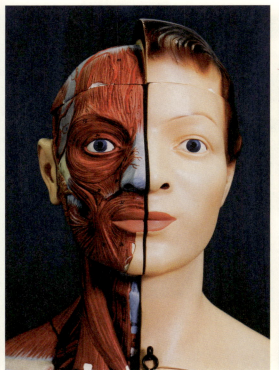
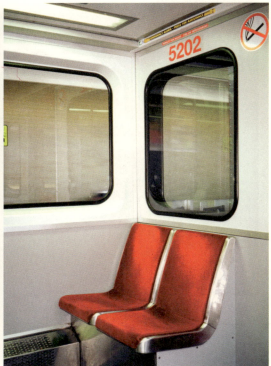

AP 225 - 01 | A.B./ H. Winkler

AP 225 - 02 | C. Stevenson

AP 226 - 01 | T. Reed

z|e|f|a| a pair of

AP 227 - 01 | C. Sagel

AP 230 - 01 | L. Moses
AP 230 - 02 | L. Moses

z|e|f|a| a pair of

AP 231 - 01 | L. Moses
AP 231 - 02 | L. Moses

AP 232 - 01 | A. Inden

AP 233 - 01 | A. Inden

AP 234 - 01 | A. Inden
AP 234 - 02 | Gulliver
AP 234 - 03 | A. Peisl

z|e|f|j|a| a pair of

AP 235 - 01 | M. Vaeisaenen
AP 235 - 02 | A. Peisl
AP 235 - 03 | Linda

AP 236 - 01 | W. Flamisch

z|e|f|a| a pair of

AP 237 - 01 | T. Reed

AP 238 - 01 | M. Moellenberg
AP 238 - 02 | T. Reed

z|e|f|a| a pair of

AP 239 - 01 | T. Reed
AP 239 - 02 | Meeke

AP 240 - 01 | Pinto

z|e|f|a| a pair of

AP 241 - 01 | H. Scheibe

AP 242 - 01 | Galvezo

AP 242 - 02 | T. Hemmings

zweifel | a pair of

AP 243 - 01 | MaxX Images/ J. Wey

AP 243 - 02 | H. Scheibe

AP 244 - 01 | Tango
AP 244 - 02 | C. Sagel + S. Kranefeld

zweifach a pair of

AP 245 - 01 | S. Rao
AP 245 - 02 | Ausloeser

AP 248 - 01 | W. Flamisch
AP 248 - 02 | C. Schmidt

z|e|f|a| a pair of

AP 249 - 01 | W. Flamisch
AP 249 - 02 | W. Flamisch

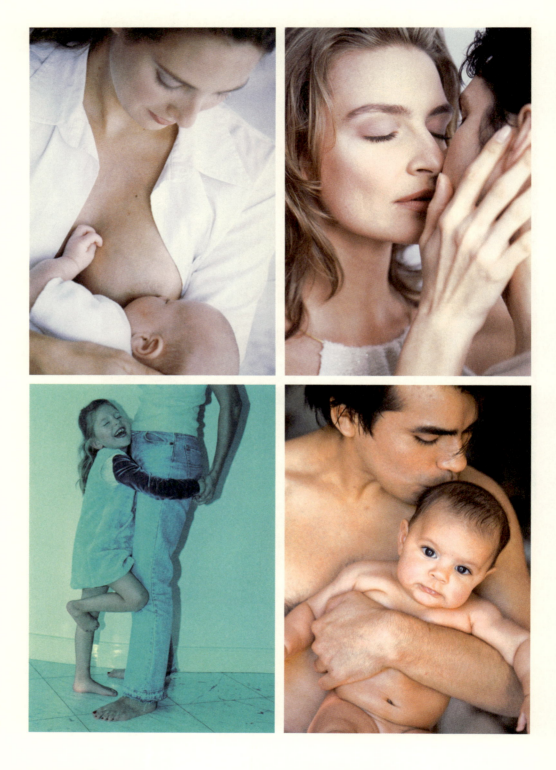

AP 250 - 01 | A. Inden
AP 250 - 02 | A. Inden
AP 250 - 03 | A. Inden
AP 250 - 04 | A. Inden

z|e|f|a | a pair of

AP 251 - 01 | A. Inden
AP 251 - 02 | A. Inden

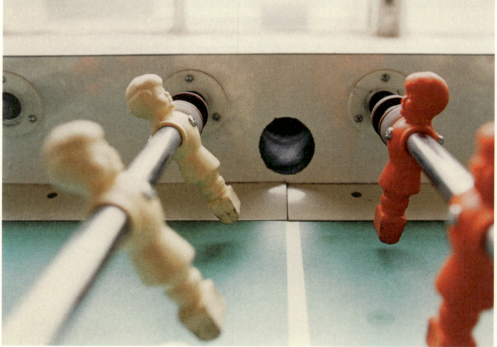

AP 252 - 01 | W. Flamisch
AP 252 - 02 | O. Graf

z | e | f | a | a pair of

AP 253 - 01 | A.B./ H. Winkler

AP 254 - 01 | Star
AP 254 - 02 | N. Guegan

AP 254 - 03 | P. Beavis
AP 254 - 04 | N. Schulte

z|e|f|a | a pair of

AP 255 - 01 | Emely
AP 255 - 02 | Virgo

AP 255 - 03 | Ausloeser
AP 255 - 04 | Emely

AP 256 - 01 | Cat
AP 256 - 02 | A.B./ R. Knobloch

AP 257 - 01 | D. Cooper
AP 257 - 02 | Freitag

258

z|e|f|a| a pair of

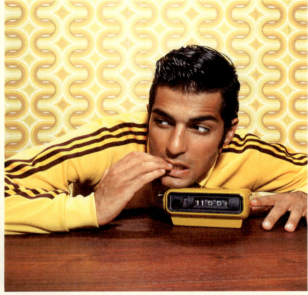

AP 259 - 01 | Freitag
AP 259 - 02 | S. Templer

AP 259 - 03 | S. Templer
AP 259 - 04 | Freitag

AP 260 - 01 | Emely
AP 260 - 02 | Ausloeser

z|e|f|a| a pair of

AP 261 - 01 | S. Templer
AP 261 - 02 | S. Templer

AP 261 - 03 | Ausloeser
AP 261 - 04 | Ausloeser

AP 262 - 01 | F. Lukasseck

z|e|f|a| a pair of

AP 263 - 01 | K. Solveig

AP 264 - 01 | Virgo

z|e|f|a| a pair of

AP 265 - 01 | Pinto

AP 268 - 01 | P. Wood

z|e|f|a | a pair of

AP 269 - 01 | M. Meyer

AP 269 - 02 | P. Wood

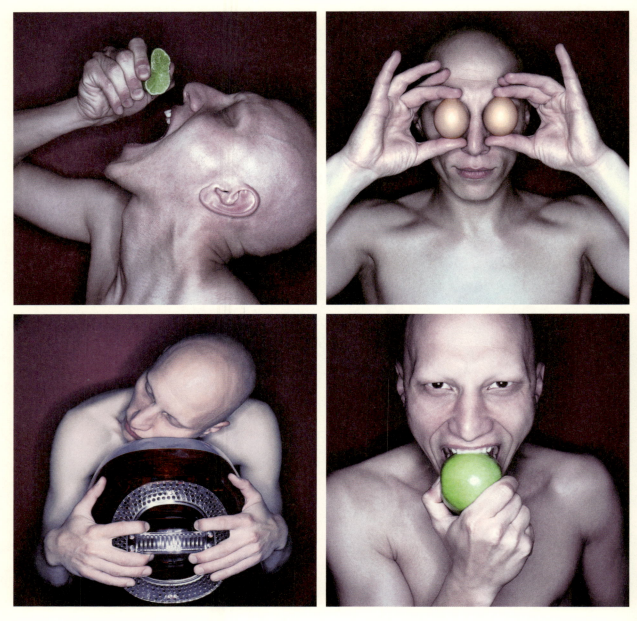

AP 270 - 01 | V. Latinovic
AP 270 - 02 | V. Latinovic
AP 270 - 03 | V. Latinovic
AP 270 - 04 | V. Latinovic

AP 272 - 01 | M. Thomsen

AP 273 - 01 | Lili K.

AP 274 - 01 | Pinto
AP 274 - 02 | R. Holz

z|e|f|a| a pair of

AP 275 - 01 | R. Holz
AP 275 - 02 | Pinto

AP 276 - 01 | M. Thomsen
AP 276 - 02 | I. Boddenberg

z|e|f|a | a pair of

AP 277 - 01 | MaxX Images/ T. Billingsley
AP 277 - 02 | A. Inden

AP 278 - 01 | Emely

AP 278 - 02 | K. Solveig

z|e|f|a | a pair of

AP 279 - 01 | Freitag

AP 279 - 02 | S. Templer

AP 280 - 01 | J. Westrich

AP 281 - 01 | Pinto

AP 282 - 01 | Linda
AP 282 - 02 | C. Stevenson

z|e|f|a| a pair of

AP 283 - 01 | Linda
AP 283 - 02 | Linda

AP 284 - 01 | A.B./ H. Winkler
AP 284 - 02 | A.B./ H. Winkler

AP 284 - 03 | A.B./ H. Winkler
AP 284 - 04 | A.B./ H. Winkler

z|e|f|a| a pair of

AP 285 - 01 | A.B./ H. Winkler
AP 285 - 02 | A.B./ H. Winkler

AP 286 - 01 | J. le Fortune
AP 286 - 02 | J. le Fortune

z|e|f|a| a pair of

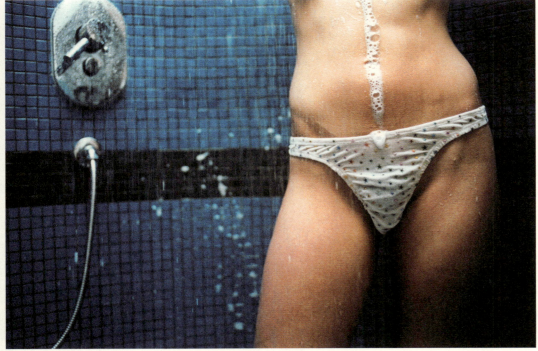

AP 287 - 01 | J. le Fortune
AP 287 - 02 | J. le Fortune

AP 288 - 01 | G. Baden
AP 288 - 02 | Linda

z|e|f|a| a pair of

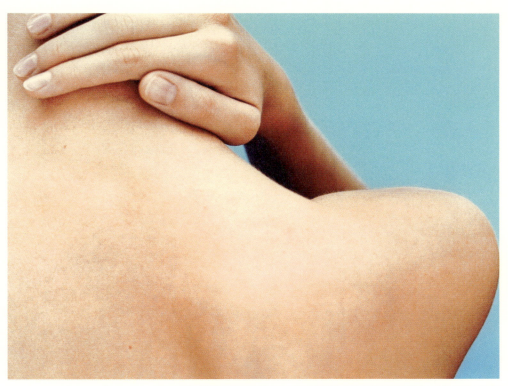

AP 289 - 01 | Linda
AP 289 - 02 | Pinto

AP 290 - 01 | J. Govers   AP 290 - 02 | Pinto   AP 290 - 03 | J. Govers

z|e|f|a| a pair of

AP 291 - 01 | Special Gallery/ R. Davies   AP 291 - 02 | J. Govers

AP 292 - 01 | M. Meyer

AP 294 - 01 | Freitag

AP 296 - 01 | Virgo
AP 296 - 02 | Special Gallery/ B. Graville

z|e|f|a| a pair of

AP 297 - 01 | L. Moses
AP 297 - 02 | K. Solveig

AP 298 - 01 | Special Gallery/ C. Park

z|e|f|a| a pair of

AP 299 - 01 | S. Weiler

AP 300 - 01 | Vincent
AP 300 - 02 | Emely

z|e|f|a| a pair of

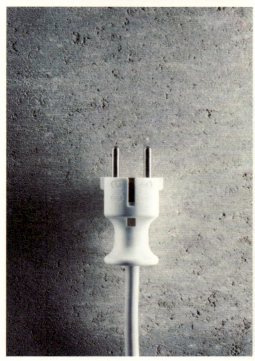

AP 301 - 01 | H. Scheibe
AP 301 - 02 | W. Schroll

AP 301 - 03 | A.B./ B. Brandt
AP 301 - 04 | Photex/ C. Wilhelm

AP 302 - 01 | A.B./ H. Winkler
AP 302 - 02 | Photex/ A. Snyder

AP 302 - 03 | Photex/ C. Wilhelm
AP 302 - 04 | Photex/ A. Snyder

z|e|f|a | a pair of

AP 303 - 01 | Photex/ A. Snyder
AP 303 - 02 | P. Delfos

AP 304 - 01 | Freitag
AP 304 - 02 | Ausloeser

z|e|f|a | a pair of

AP 305 - 01 | S. Templer
AP 305 - 02 | Freitag

AP 306 - 01 | Pinto
AP 306 - 02 | J. le Fortune

AP 306 - 03 | J. le Fortune
AP 306 - 04 | Pinto

z|e|f|a | a pair of

AP 307 - 01 | J. le Fortune
AP 307 - 02 | J. le Fortune

AP 308 - 01 | A. Inden
AP 308 - 02 | A. Inden

AP 308 - 03 | A. Inden
AP 308 - 04 | A. Inden

z|e|f|a | a pair of

AP 309 - 01 | A. Inden
AP 309 - 02 | A. Inden

AP 309 - 03 | A. Inden
AP 309 - 04 | A. Inden

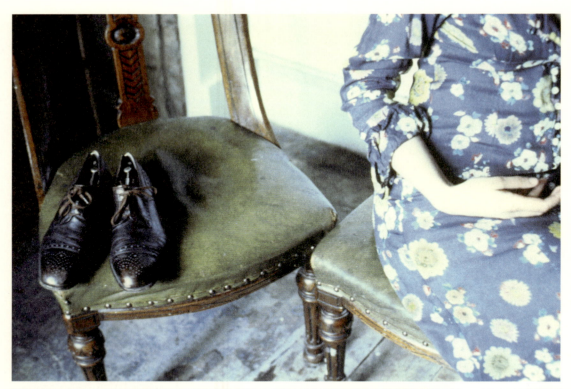

AP 310 - 01 | Special Gallery/ C. Park
AP 310 - 02 | J. Koenig

z | e | f | a | a pair of

AP 311 - 01 | A. Inden
AP 311 - 02 | Special Gallery/ C. Park

AP 312 - 01 | Emely
AP 312 - 02 | I. Hatz

zielfial a pair of

AP 313 - 01 | I. Hatz
AP 313 - 02 | H. van den Heuvel

AP 313 - 03 | A. Benz
AP 313 - 04 | I. Hatz

314

z|e|f|a| a pair of

AP 315 - 01 | R. James
AP 315 - 02 | A.B./ G. Salter

AP 316 - 01 | Pinto

zeitraum a pair of

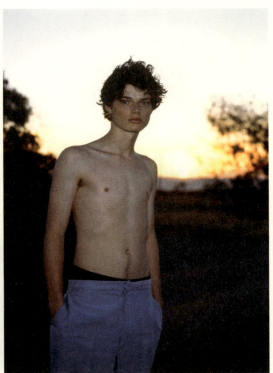

AP 317 - 01 | A. Sneider

AP 317 - 02 | Pinto

AP 318 - 01 | R. Holz
AP 318 - 02 | S. Templer

z|e|f|a| a pair of

AP 319 - 01 | T. Latham
AP 319 - 02 | R. Holz

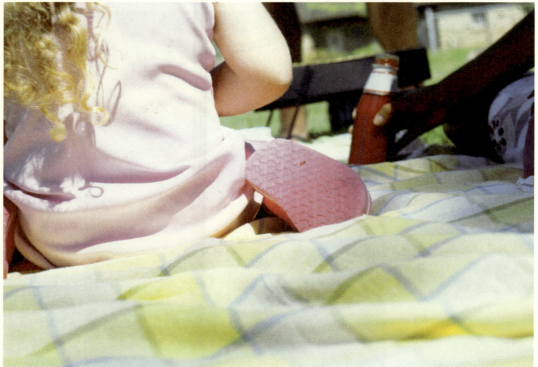

AP 320 - 01 | G. Baden
AP 320 - 02 | I. Boddenberg

z|e|f|a | a pair of

AP 321 - 01 | G. Schuster
AP 321 - 02 | J. Horowitz

AP 322 - 01 | M. Klimas
AP 322 - 02 | G. Edwards
AP 322 - 03 | H. Scheibe

z|e|f|a | a pair of

AP 323 - 01 | W. Flamisch
AP 323 - 02 | H. Scheibe
AP 323 - 03 | G. Edwards

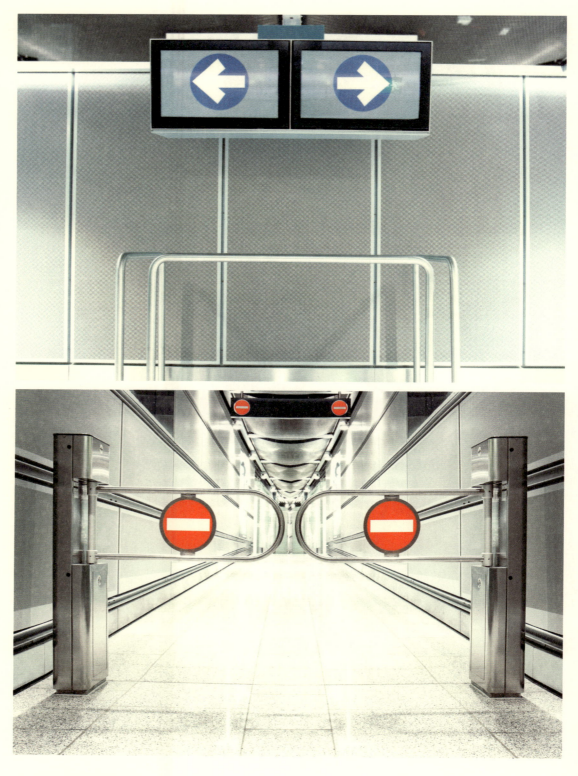

AP 324 - 01 | C. Sagel
AP 324 - 02 | C. Sagel

z|e|f|a| a pair of

AP 325 - 01 | J. Koenig
AP 325 - 02 | P. Delfos

AP 326 - 01 | H. Scheibe
AP 326 - 02 | Galvezo

AP 326 - 03 | Galvezo
AP 326 - 04 | H. Scheibe

AP 328 - 01 | B. Erlinger

AP 328 - 02 | M. Meyer

z|e|f|a| a pair of

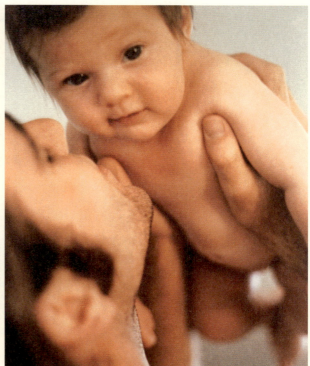

AP 329 - 01 | G. Edwards

AP 329 - 02 | Cat

AP 330 - 01 | S. King
AP 330 - 02 | G. Schuster

z|e|f|a| a pair of

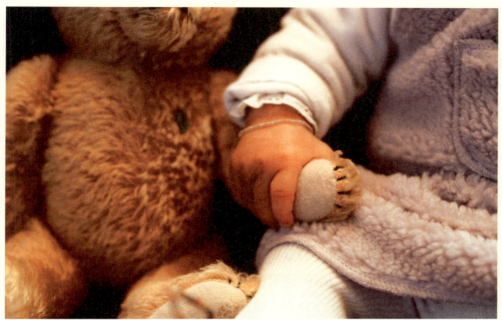

AP 331 - 01 | Emely
AP 331 - 02 | P. Leonard

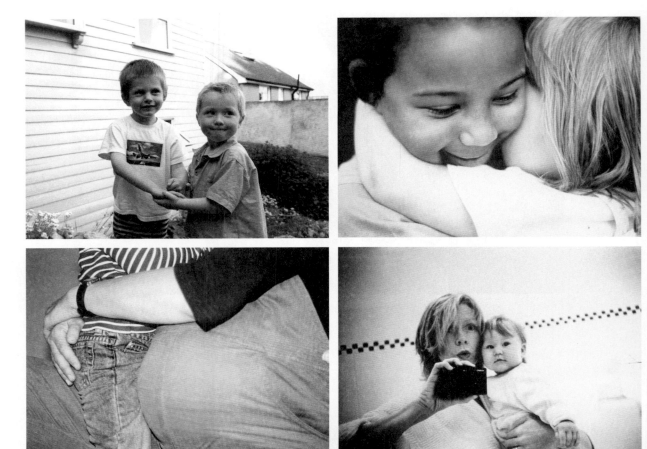

AP 332 - 01 | J. Lowe
AP 332 - 02 | P. Leonard
AP 332 - 03 | P. Leonard
AP 332 - 04 | P. Leonard

z|e|f|a| a pair of

AP 333 - 01 | J. Lowe
AP 333 - 02 | P. Leonard

334

AP 334 - 01 | V. Latinovic
AP 334 - 02 | V. Latinovic

AP 334 - 03 | V. Latinovic
AP 334 - 04 | V. Latinovic

z|e|f|a | a pair of

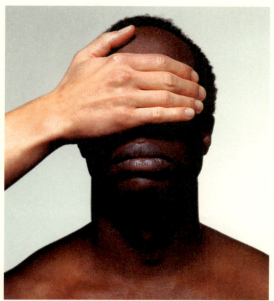

AP 335 - 01 | V. Latinovic
AP 335 - 02 | V. Latinovic

AP 336 - 01 | P. Wattendorff
AP 336 - 02 | G. Edwards
AP 336 - 03 | Studio 21

z|e|f|a| a pair of

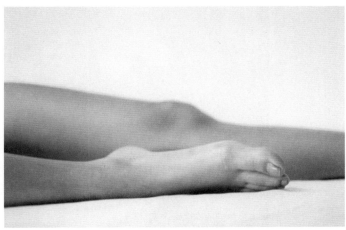

AP 337 - 01 | T. O'Leary
AP 337 - 02 | A. Sneider
AP 337 - 03 | M. Deutsch

AP 338 - 01 | Special Gallery/ J. Jones
AP 338 - 02 | M. Deutsch

z|e|f|a| a pair of

AP 339 - 01 | MaxX Images/ J. Wey
AP 339 - 02 | M. Deutsch

AP 339 - 03 | M. Deutsch
AP 339 - 04 | MaxX Images/ T. Billingsley

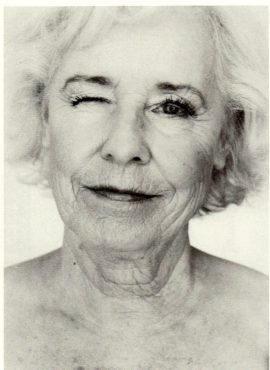

AP 340 - 01 | P. Wattendorff   AP 340 - 02 | O. Graf

z|e|f|a| a pair of

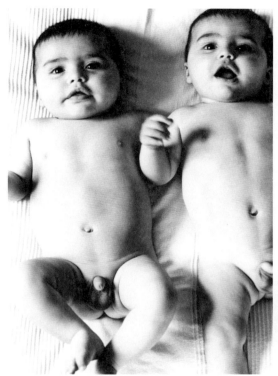

AP 341 - 01 | Meeke

AP 341 - 02 | O. Graf

AP 342 - 01 | A.B./ H. Winkler

z|e|f|a| a pair of

AP 343 - 01 | A.B./ G. Salter

AP 344 - 01 | S. King
AP 344 - 02 | S. King
AP 344 - 03 | S. King
AP 344 - 04 | S. King

z|e|f|a| a pair of

AP 345 - 01 | S. King
AP 345 - 02 | S. King

346

AP 346 - 01 | T. Kruesselmann
AP 346 - 02 | Tango

z|e|f|a| a pair of

AP 347 - 01 | G. Schuster
AP 347 - 02 | Freitag

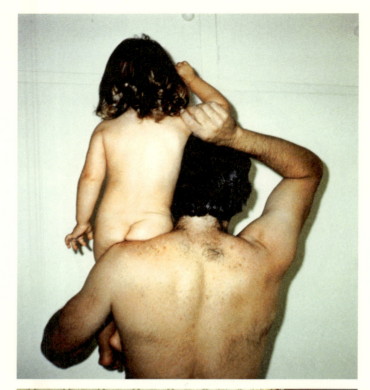

AP 348 - 01 | Shoot
AP 348 - 02 | Pinto

z|e|f|a | a pair of

AP 349 - 01 | Duck
AP 349 - 02 | ABM

AP 349 - 03 | ABM
AP 349 - 04 | M. Klimas

AP 350 - 01 | MaxX Images/ K. Kobialko
AP 350 - 02 | A. Inden
AP 350 - 03 | A. Inden
AP 350 - 04 | Star

AP 351 - 01 | A. Inden
AP 351 - 02 | A. Benz

z|e|f|a | a pair of

AP 354 - 01 | A. Sneider
AP 354 - 02 | A. Sneider

z|e|f|a| a pair of

AP 355 - 01 | A. Sneider
AP 355 - 02 | A. Inden

AP 355 - 03 | T. Hemmings
AP 355 - 04 | A. Sneider

AP 356 - 01 | Emely
AP 356 - 02 | B. Bird

z|e|f|a| a pair of

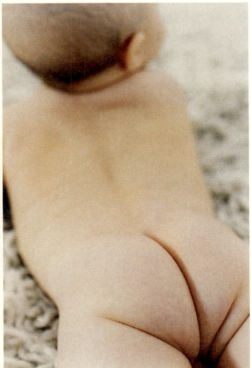

AP 357 - 01 | M. Rutz
AP 357 - 02 | G. Baden
AP 357 - 03 | Meeke
AP 357 - 04 | O. Graf

AP 358 - 01 | T. Kruesselmann

z|e|f|a| a pair of

AP 359 - 01 | Tango

AP 359 - 02 | M. Meyer

AP 360 - 01 | N. Schulte
AP 360 - 02 | M. Hamilton

z|e|f|a a pair of

AP 361 - 01 | M. Rose
AP 361 - 02 | M. Rose

AP 362 - 01 | Star
AP 362 - 02 | M. Meyer

z|e|f|a | a pair of

AP 363 - 01 | Virgo
AP 363 - 02 | I. Boddenberg

AP 363 - 03 | Star
AP 363 - 04 | Star

AP 364 - 01 | M. Thomsen
AP 364 - 02 | M. Thomsen
AP 364 - 03 | A. Peisl
AP 364 - 04 | Pinto

z|e|f|a| a pair of

AP 365 - 01 | M. Thomsen
AP 365 - 02 | Photex/ C. Wilhelm

AP 366 - 01 | A.B./ T. Hoenig

z|e|f|a a pair of

AP 367 - 01 | A.B./ T. Hoenig

AP 368 - 01 | L. Moses
AP 368 - 02 | S. Templer

AP 368 - 03 | O. Eltinger
AP 368 - 04 | Freitag

z|e|f|a| a pair of

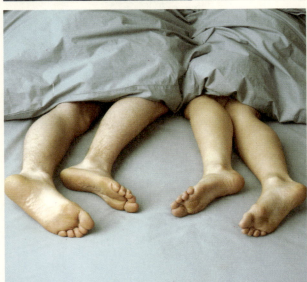

AP 369 - 01 | D. Cooper
AP 369 - 02 | L. Moses
AP 369 - 03 | A.B./ R. Knobloch
AP 369 - 04 | Ausloeser

AP 370 - 01 | K. Solveig

AP 371 - 01 | Cat

AP 372 - 01 | A. Robertus

AP 372 - 02 | H. Scheibe

z|e|f|a | a pair of

AP 373 - 01 | A. Green

AP 373 - 02 | Miles

AP 374 - 01 | C. Schneider
AP 374 - 02 | G. Schuster

AP 374 - 03 | M. Meyer
AP 374 - 04 | Pinto

z|e|f|a| a pair of

AP 375 - 01 | K. Solveig
AP 375 - 02 | R. Holz

AP 378 - 01 | A. Green

z|e|f|a| a pair of

AP 379 - 01 | Star

AP 380 - 01 | M. Meyer
AP 380 - 02 | M. Meyer

z|e|f|a| a pair of

AP 381 - 01 | A.B./ H. Winkler
AP 381 - 02 | Pinto

z|e|f|a a pair of

AP 384 - 01 | Special Gallery/ M. Davies
AP 384 - 02 | Special Gallery/ D. Cohadon
AP 384 - 03 | Special Gallery/ P. Windsor
AP 384 - 04 | Special Gallery/ A. Bowd

z|e|f|a| a pair of

AP 385 - 01 | Special Gallery/ M. Davies
AP 385 - 02 | H. Winter

AP 385 - 03 | Special Gallery/ C. Molloy
AP 385 - 04 | Special Gallery/ R. Clarke

AP 386 - 01 | T. O'Leary
AP 386 - 02 | M. Meyer

z|e|f|a| a pair of

AP 387 - 01 | P. Wolff
AP 387 - 02 | T. O'Leary

AP 387 - 03 | M. Vaeisaenen
AP 387 - 04 | H. Scheibe

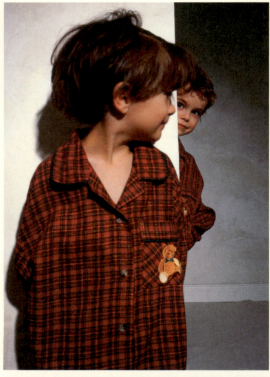

AP 388 - 01 | T. Reed
AP 388 - 02 | A. Huber + U. Starke
AP 388 - 03 | L. Buechner
AP 388 - 04 | Emely

z|e|f|a | a pair of

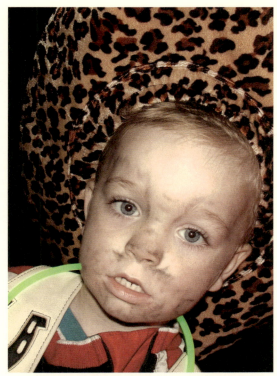

AP 389 - 01 | J. Horowitz
AP 389 - 02 | T. Reed

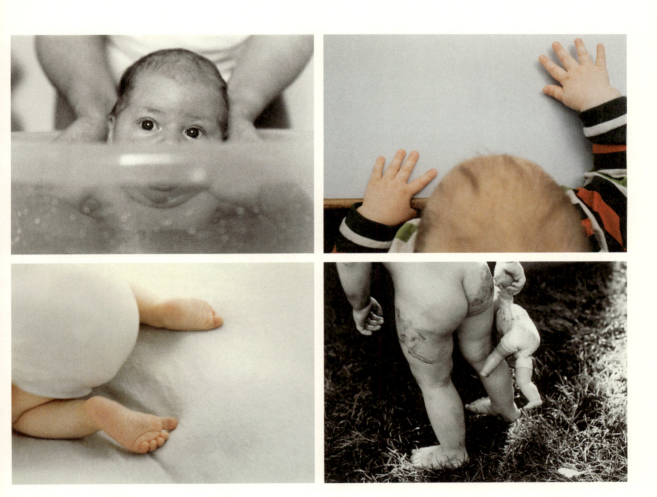

z|e|f|a| a pair of

AP 391 - 01 | A.B./ R. Knobloch
AP 391 - 02 | Ausloeser

AP 391 - 03 | A.B./ R. Knobloch
AP 391 - 04 | P. Leonard

AP 392 - 01 | Galvezo

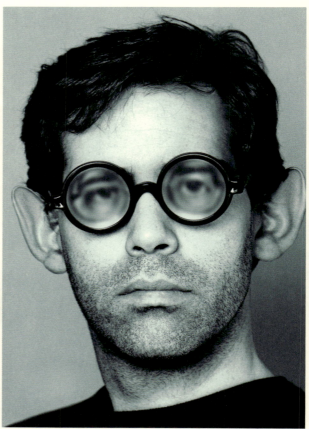

AP 392 - 02 | M. Hamilton

z|e|f|a| a pair of

AP 393 - 01 | M. Meyer

AP 393 - 02 | P. Beavis

AP 394 - 01 | Emely
AP 394 - 02 | Ausloeser

AP 394 - 03 | S. Templer
AP 394 - 04 | Emely

z|e|f|a| a pair of

AP 395 - 01 | Lili K.
AP 395 - 02 | S. Templer

z|e|f|a| a pair of

AP 397 - 01 | Pinto

z|e|f|a| a pair of

AP 399 - 01 | Tango

400

AP 400 - 01 | M. Meyer
AP 400 - 02 | M. Rose

z|e|f|a| a pair of

AP 401 - 01 | Ausloeser
AP 401 - 02 | Ausloeser

AP 402 - 01 | T. O'Leary
AP 402 - 02 | A. Benz

z|e|f|a| a pair of

AP 403 - 01 | P. Wolff
AP 403 - 02 | T. O'Leary

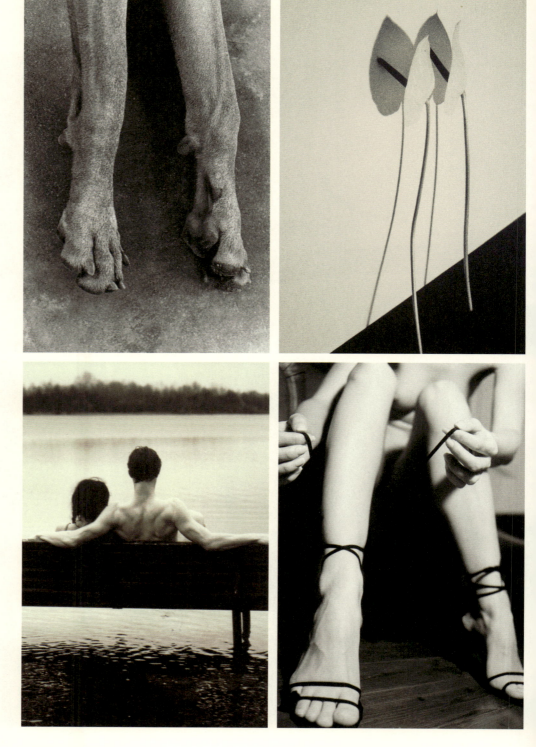

AP 404 - 01 | S. Rao
AP 404 - 02 | G. June

AP 404 - 03 | Special Gallery / A. Veninger
AP 404 - 04 | Ansgar

AP 405 - 01 | Special Gallery/ D. Cohadon
AP 405 - 02 | B. Erlinger

AP 405 - 03 | C. Stevenson
AP 405 - 04 | Special Gallery/ J. Farquharson

z|e|f|a| a pair of

AP 406 - 01 | G. Logan

AP 407 - 01 | G. Logan

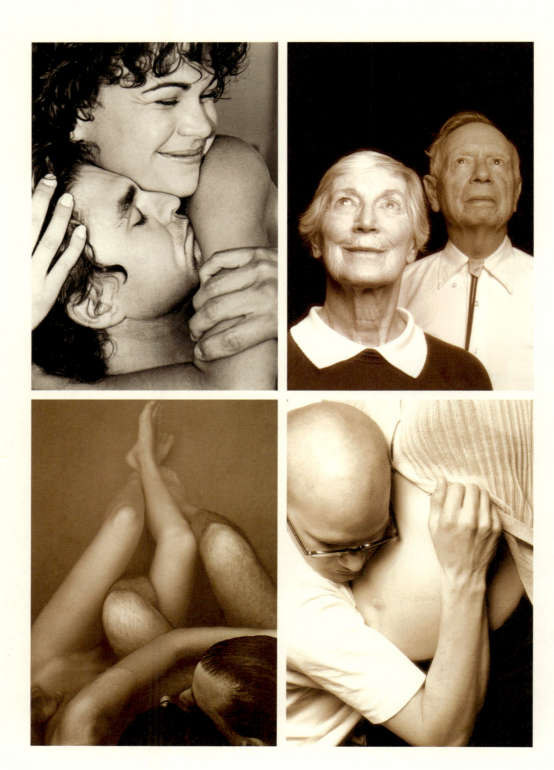

AP 408 - 01 | A. Sneider
AP 408 - 02 | T. Reed
AP 408 - 03 | T. Reed
AP 408 - 04 | T. Reed

z|e|f|a| a pair of

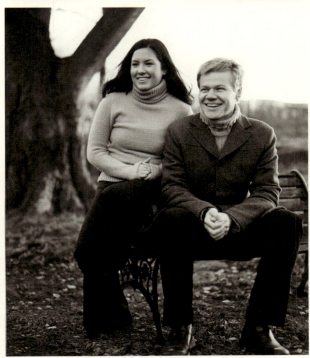

AP 409 - 01 | Lili K.
AP 409 - 02 | A. Benz

AP 410 - 01 | T. Latham

z|e|f|a | a pair of

AP 411 - 01 | B. Erlinger

AP 412 - 01 | C. Sagel
AP 412 - 02 | C. Sagel

z|e|f|a| a pair of

AP 413 - 01 | C. Sagel
AP 413 - 02 | C. Sagel

AP 414 - 01 | J. Govers
AP 414 - 02 | A. Inden
AP 414 - 03 | P. Delfos
AP 414 - 04 | V. Latinovic

z|e|f|a| a pair of

AP 415 - 01 | V. Latinovic
AP 415 - 02 | A. Inden

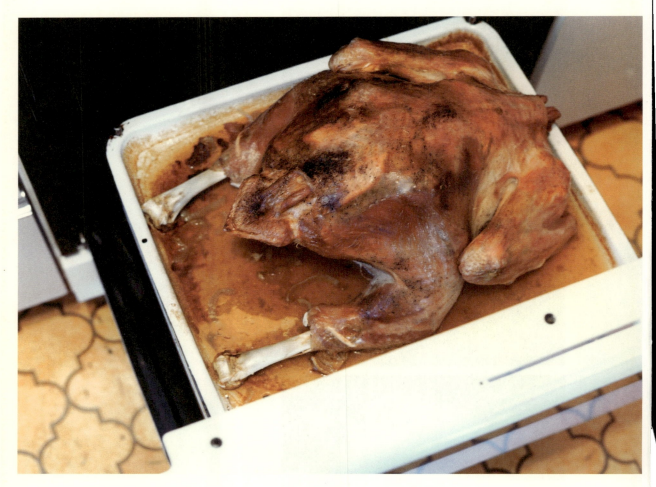

AP 416 - 01 | R. Holz

z|e|f|a| a pair of

AP 417 - 01 | Emely

AP 418 - 01 | Freitag   AP 418 - 02 | Freitag

z|e|f|a | a pair of

AP 419 - 01 | Freitag

AP 419 - 02 | Freitag

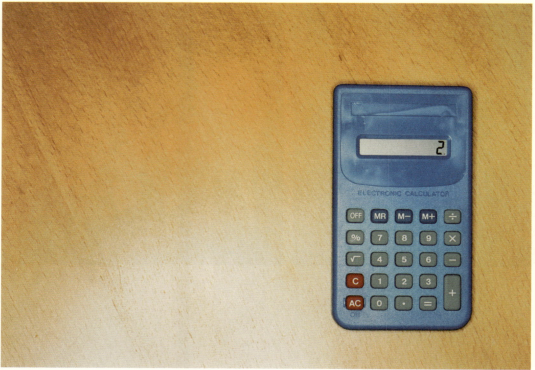

AP 420 - 01 | R. Holz
AP 420 - 02 | Tango

z|e|f|a| a pair of

AP 421 - 01 | T. O'Leary
AP 421 - 02 | A. Green

AP 422 - 01 | Maga
AP 422 - 02 | J. Westrich
AP 422 - 03 | A. Inden

z|e|f|a| a pair of

AP 423 - 01 | O. Pelzer
AP 423 - 02 | Maga
AP 423 - 03 | P. Wattendorff

AP 424 - 01 | J. Westrich

zielfa | a pair of

AP 425 - 01 | L. Buechner

AP 426 - 01 | C. Sagel + S. Kranefeld
AP 426 - 02 | T. Reed

z|e|f|a | a pair of

AP 427 - 01 | T. Reed
AP 427 - 02 | C. Sagel + S. Kranefeld

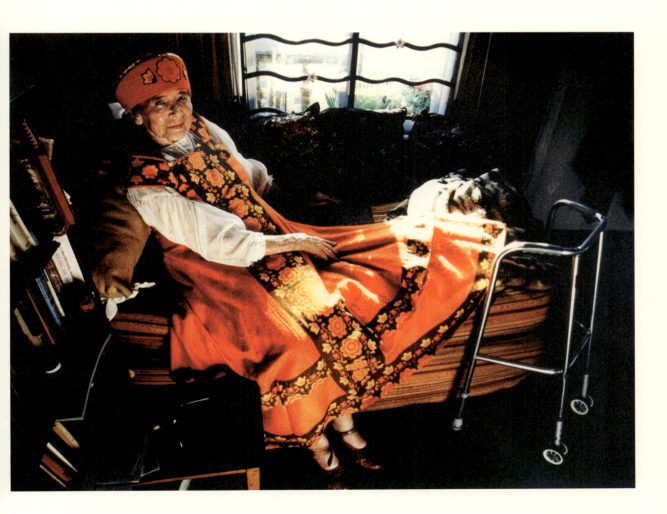

z|e|f|a | a pair of

AP 429 - 01 | H. Winter

AP 430 - 01 | H. van den Heuvel

z|e|f|a| a pair of

AP 431 - 01 | Emely

AP 431 - 02 | T. Reed

AP 432 - 01 | Galvezo

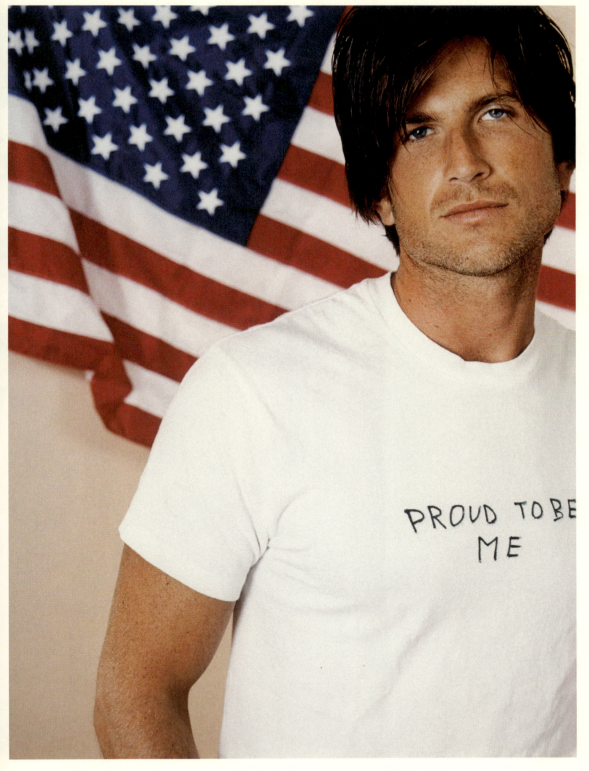

z|e|f|a| a pair of

AP 433 - 01 | M. Meyer

z|e|f|ə| a pair of

AP 436 - 01 | I. Boddenberg
AP 436 - 02 | M. Meyer

AP 436 - 03 | I. Boddenberg
AP 436 - 04 | Pinto

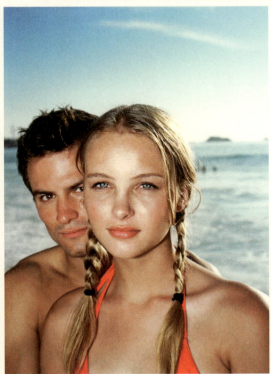

z|e|f|a | a pair of

AP 437 - 01 | M. Meyer
AP 437 - 02 | A. Sneider

AP 437 - 03 | A. Sneider
AP 437 - 04 | I. Boddenberg

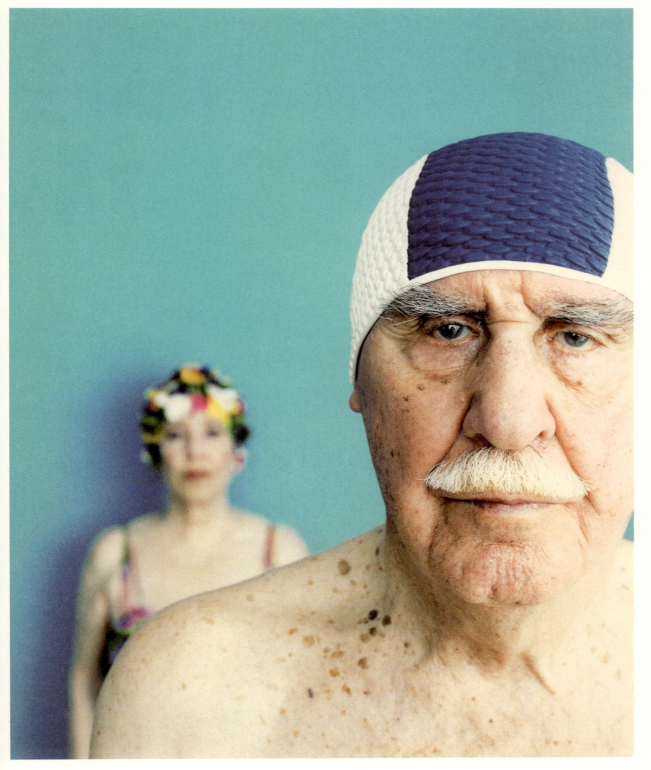

z|e|f|a | a pair of

AP 439 - 01 | O. Graf

AP 440 - 01 | I. Boddenberg
AP 440 - 02 | I. Boddenberg

z|e|f|a| a pair of

AP 441 - 01 | Meeke
AP 441 - 02 | L. Moses

AP 442 - 01 | K. Solveig
AP 442 - 02 | K. Solveig

AP 442 - 03 | B. Erlinger
AP 442 - 04 | K. Solveig

z|e|f|a | a pair of

AP 443 - 01 | P. Beavis
AP 443 - 02 | K. Solveig

AP 444 - 01 | P. Wood

AP 444 - 02 | Pinto

z|e|f|a| a pair of

AP 445 - 01 | P. Beavis

AP 445 - 02 | Pinto

AP 448 - 01 | M. Meyer
AP 448 - 02 | A. Inden

z|e|f|a| a pair of

AP 449 - 01 | M. Meyer
AP 449 - 02 | K. Solveig

AP 449 - 03 | Photex/ A. Snyder
AP 449 - 04 | Maga

AP 450 - 01 | Pinto

z|e|f|a| a pair of

AP 451 - 01 | Pinto

AP 452 - 01 | Freitag

z|e|f|a| a pair of

AP 453 - 01 | Ausloeser

AP 454 - 01 | A. Sneider
AP 454 - 02 | N. Guegan

z|e|f|a | a pair of

AP 455 - 01 | T. Kruesselmann
AP 455 - 02 | Tobbe

AP 456 - 01 | W. Flamisch
AP 456 - 02 | R. Holz
AP 456 - 03 | R. Holz
AP 456 - 04 | H. Scheibe

z|e|f|a | a pair of

AP 457 - 01 | A. Marco
AP 457 - 02 | A. Marco

AP 458 - 01 | K. Solveig
AP 458 - 02 | Vincent

z|e|f|a| a pair of

AP 459 - 01 | C. Schmidt
AP 459 - 02 | K. Solveig

460

z | e | f | a | a pair of

AP 461 - 01 | T. Reed
AP 461 - 02 | T. Reed

AP 461 - 03 | H. van den Heuvel
AP 461 - 04 | Lili K.

AP 462 - 01 | M. Vaeisaenen
AP 462 - 02 | Special Gallery/ A. Veninger

AP 463 - 01 | C. Lyttle
AP 463 - 02 | M. Vaeisaenen

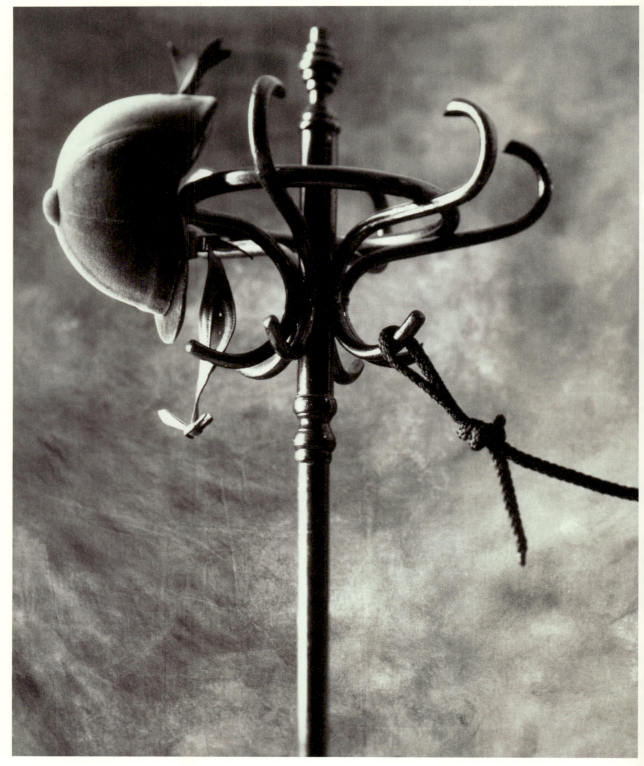

AP 464 - 01 | I. Hatz

AP 465 - 01 | I. Hatz

AP 466 - 01 | Emely

468

AP 468 - 01 | K. Solveig

z|e|f|a| a pair of

AP 469 - 01 | R. Holz

AP 469 - 02 | K. Solveig

AP 470 - 01 | A.B./ T. Hoenig
AP 470 - 02 | Vincent

z|e|f|a| a pair of

AP 471 - 01 | A.B./ H. Winkler
AP 471 - 02 | A. Inden

AP 471 - 03 | O. Graf
AP 471 - 04 | C. Sagel + S. Kranefeld

AP 472 - 01 | C. Stevenson

AP 472 - 02 | N. Guegan

z|e|f|a | a pair of

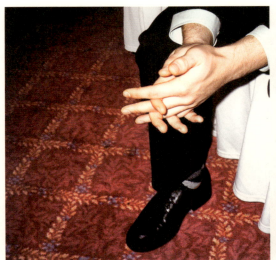

AP 473 - 01 | C. Stevenson

AP 473 - 02 | T. Hemmings

z|e|f|a| a pair of

AP 477 - 01 | D. Kenyon

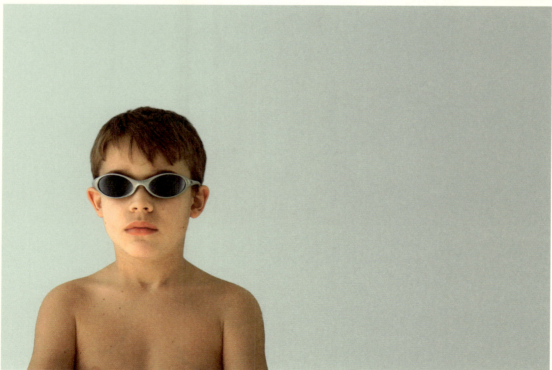

AP 478 - 01 | P. Leonard
AP 478 - 02 | M. Hamilton

z|e|f|a | a pair of

AP 479 - 01 | Miles
AP 479 - 02 | D. Kenyon

AP 480 - 01 | A.B./ H. Winkler

AP 482 - 01 | Fotostudio FM

AP 482 - 02 | K. Juenemann

z|e|f|a| a pair of

AP 483 - 01 | A.B./ H. Winkler

AP 483 - 02 | G. Schuster

AP 484 - 01 | J. Westrich

AP 488 - 01 | Photex/ C. Wilhelm
AP 488 - 02 | Photex/ C. Wilhelm
AP 488 - 03 | J. Govers
AP 488 - 04 | Photex/ A. Snyder

z|e|f|a| a pair of

AP 489 - 01 | Photex/ A. Snyder
AP 489 - 02 | Photex/ C. Wilhelm

z|e|f|a| a pair of

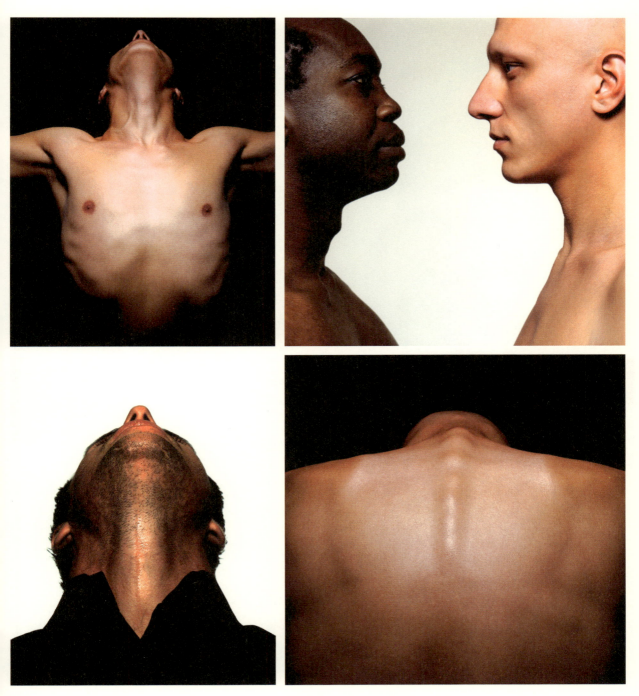

AP 491 - 01 | V. Latinovic
AP 491 - 02 | N. Guegan

AP 491 - 03 | V. Latinovic
AP 491 - 04 | V. Latinovic

AP 494 - 01 | Pinto
AP 494 - 02 | Pinto

AP 495 - 01 | Pinto
AP 495 - 02 | Pinto

AP 498 - 01 | Ausloeser
AP 498 - 02 | Ausloeser

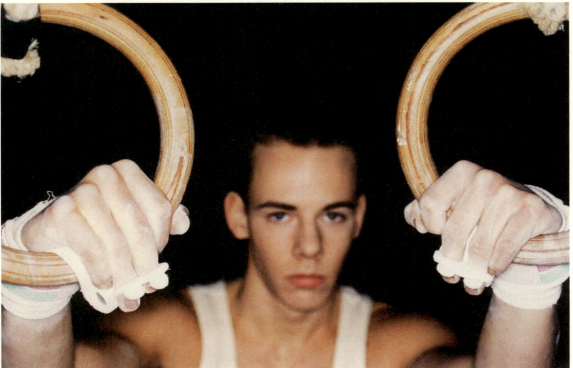

AP 499 - 01 | Ausloeser
AP 499 - 02 | Ausloeser

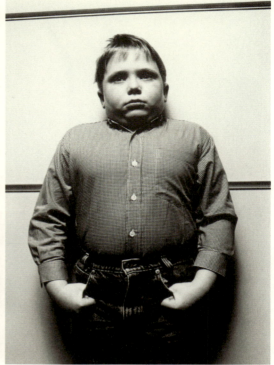

AP 500 - 01 | Lili K.
AP 500 - 02 | M. Hamilton

AP 500 - 03 | L. Buechner
AP 500 - 04 | T. Reed

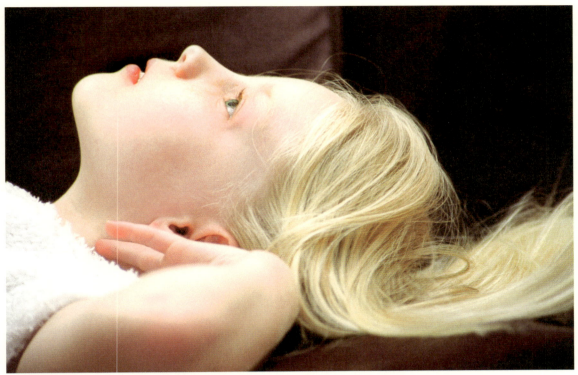

z|e|f|a | a pair of

AP 501 - 01 | T. Reed
AP 501 - 02 | L. Moses

AP 502 - 01 | O. Graf

AP 503 - 01 | J. Westrich

AP 504 - 01 | L. Moses
AP 504 - 02 | L. Moses

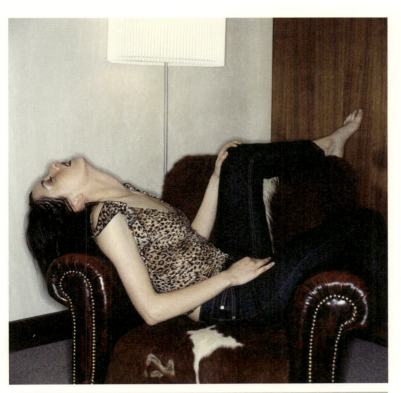

AP 505 - 01 | L. Moses
AP 505 - 02 | L. Moses

AP 506 - 01 | H. Scheibe

zie|f|a| a pair of

AP 507 - 01 | H. Scheibe

AP 508 - 01 | H. Scheibe
AP 508 - 02 | T. Reed
AP 508 - 03 | A.B./ H. Winkler
AP 508 - 04 | ABM

z|e|f|a | a pair of

AP 509 - 01 | T. Reed
AP 509 - 02 | B. Sporrer

AP 510 - 01 | S. Templer

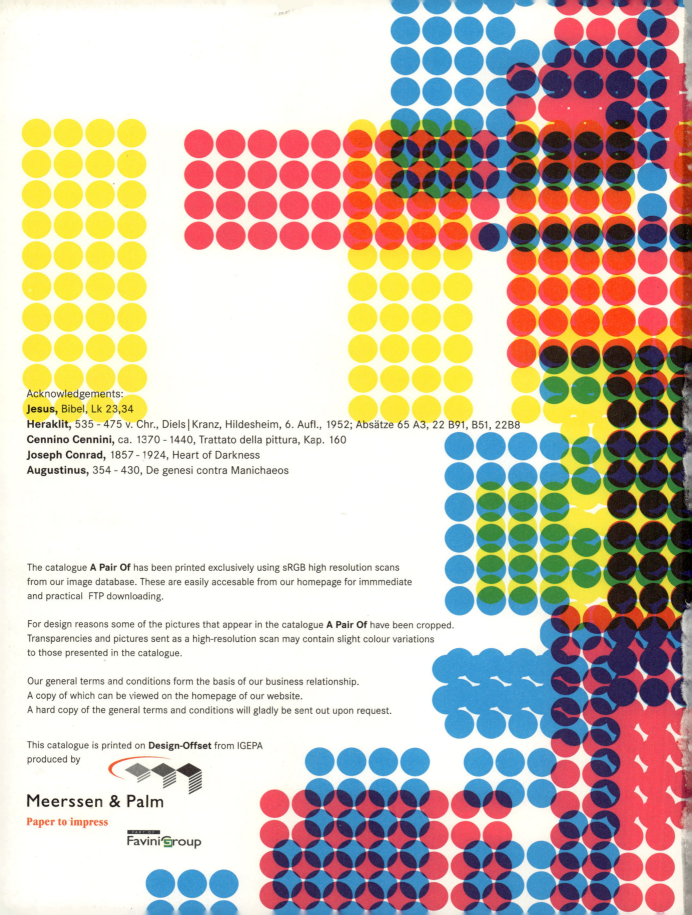

Acknowledgements:
Jesus, Bibel, Lk 23,34
Heraklit, 535 - 475 v. Chr., Diels | Kranz, Hildesheim, 6. Aufl., 1952; Absätze 65 A3, 22 B91, B51, 22B8
Cennino Cennini, ca. 1370 - 1440, Trattato della pittura, Kap. 160
Joseph Conrad, 1857 - 1924, Heart of Darkness
Augustinus, 354 - 430, De genesi contra Manichaeos

The catalogue **A Pair Of** has been printed exclusively using sRGB high resolution scans from our image database. These are easily accesable from our homepage for immmediate and practical FTP downloading.

For design reasons some of the pictures that appear in the catalogue **A Pair Of** have been cropped. Transparencies and pictures sent as a high-resolution scan may contain slight colour variations to those presented in the catalogue.

Our general terms and conditions form the basis of our business relationship.
A copy of which can be viewed on the homepage of our website.
A hard copy of the general terms and conditions will gladly be sent out upon request.

This catalogue is printed on **Design-Offset** from IGEPA
produced by

Meerssen & Palm
Paper to impress